给快乐装一张嘴

刘和旭 著

长江出版传媒 | 长江文艺出版社

刘和旭　　生于青岛,毕业于青岛科技大学。诗人、商人。中国诗歌学会会员、中国微型诗社会员、中国微型诗网副站长。作品散见于中国作家网、百度百家号、中国诗人、中国诗歌报、长江诗歌等网络平台,创作风格清新、诙谐。著有诗集《年轻的吻》《诙写家族》等。

内容简介

  《给快乐装一张嘴》是刘和旭继《谑写家族》后创作的又一本三行诗集，诗人继续用笔赶着诙谐前进。

  全书共分两辑：上辑"阳光"，用灿烂的心情挖掘诗意和快乐；下辑"月光"，用皎洁的爱意珍藏幸福和快乐。两辑共收录了近二百首三行诗，首首短小精悍，传递着诗意的惊喜，组成一张快乐的嘴巴：生活中难免有风雨，最好以笑面对，最好笑口常开……

  整本诗集妙笔生花，三行诗写作手法娴熟，体现着形微而意不微的宗旨，值得阅读和收藏。

也探微诗

先向大家问好！本想按常规写个序，后来觉着还是利用这个机会，延续前本诗集《诙写家族》聊微诗的话题，就诗友问我如何写微诗在这里简单交流探讨一下（仅供您参考）。

一、要重视并合理地利用题目

微诗内容只有短短的三行，加上题目也就四行，合理地搭配题目内容，就可以在一定程度上拓展诗的空间，让微诗的内容或主旨得以最大化展现。不要把题目看成是形式摆设，而要将它更好地融入诗中，成为诗的一行。

二、用一个点来点亮面

记得上学时有篇关于盲人摸象的课文，讲的是让几位盲人从不同部位触摸大象，说说感知到的大象是什么样子，故事在诠释一个不能以偏概全的道理。以偏概全也可以说是以点代面，而写微诗这样做是完全可以的，选一个点认真写，写成亮点，一个点亮了，就会点亮所在的面及整首诗，让以点代面变为以点带面。微诗就那么几行字，要做到面面俱到真的很难。

三、用真情实感来写诗

不妨借鉴盲人摸象的方法，用自己的身心去感知纷繁的生活，触摸庞大的世界，然后通过自己的真实感受，提炼出接地气的诗句。微诗很忌讳堆砌词语，内容空乏。

四、要有新意，可寻找独特的切入点

写诗不能浮在表面上，表面上的东西往往是别人吃剩的，缺乏滋味的。要另辟蹊径寻找切入点，还要深入下去，不能入木三分也要钻入皮下，这样写出来的诗才会有嚼头。微诗因为受行数、字数限制，要做到短小而精深，就更需要一种标新立异的钻劲，钻出微诗的灿烂春天。

五、加强尾句的提升

这里就不谈起承转合的写作技法了，而用通俗歌曲来说明。大家知道歌曲分主歌、副歌，主歌是铺垫，副歌是高潮，以此来增强一首歌的感染力。微诗亦如此，最后一句可以看作是前几句的副歌，是诗的高潮，得下点功夫，将其提升到位，最好能有点出其不意的效果。

六、语言要精练，善于留白

微诗要求精美，即使达不到字字珠玑，也要尽可能精练。一首微诗写成后，别急于发布，要静下心来打磨，推敲更生动贴切的字词，剔除可有可无的字词，尽量改到不想改为止。另外，适当的留白是一种好方法，既可以减少字数，又可以增加诗的想象空间及阅读余味。

限于篇幅先写这些吧，上面探讨的几点只是拙见，不妥之处，还请您见谅！另外说明一下，诗集里的个别诗句纯属娱乐，请勿对号入座。

在此衷心感谢大家的关心和支持！

刘和旭

2021.11.20

目　录

上辑　阳光

下辑　月光

上辑

阳 光

骑自行车

两个圆几根线条。体验简约

这些线条中
我是最粗的。路是最长的

望 月

一张天大的试卷

是谁得了
"0"分

晨　跑

汗珠撞击露珠
星球大战

太阳赶快出来　　拉架

登 山

那是座台秤
使劲地流汗去水分

最后爬上来，称净重

山 洞

好端端的果子

被虫蛀

虫呢？有人钻出来

大 山

远点，你就小了

再远点
张开嘴，你就是俺的一颗牙

大海是个二维码

游客们抢着扫码

支付　装进眼睛里的蓝天白云

和塞入耳朵的涛声鸥鸣

跨海大桥

倒骑着潮汐

驾！

一头撒欢的毛驴

高高的烟囱

把地球当了椰子
云儿拿根长长的吸管
插进去，可劲地吸

速 写

天上一只鹰，地上一条河

鹰把河当了蛇

在空中盘旋着：如何抓起

乌 鸦

实物就在树上
照着涂鸦

一不小心，就把白昼涂成了黑夜

鸟　窝

给树装上心脏

就住进你的心里！喜鹊说
记着俺喜欢稳重，不喜欢招摇

旧砖墙

一面书架。谁塞得这么紧
让来阅读的风雨，使劲地抠

抠破了！也没拿出一本

夕 阳

被锯齿样的山峦，锯掉的原木
露着金色的年轮

正好家里缺块菜板，提走！

迎春花（之一）

穿了个　黄马褂

正在跟人嘚瑟：俺是钦差

知道吗？春姑娘是格格

迎春花（之二）

小小冲锋号吹响了

可阳光大军被河阻挡

鸭子抢先赶来当船——渡春

春天来了

摘掉帽子

让白发

返　青

细 雨

筛过的

生怕噎着
春天里的小小花骨朵

春天（之一）

这是个细数雨滴的季节

绿叶在数　檐角在数

路上移动的伞　也在数

春天（之二）

这是个背阳光比赛的季节
走最远者得第一

瞧我背着过了草地小河，奔向大山

放风筝

一根琴弦拴着一个音符

升　再升

要给春天定个　高调

玉兰花

纵横的树枝拼了个"王"
花骨朵们举起毛笔，争着来点
要将它点成"玉"字

野　菜

把满山遍野乱跑的春　挖回家
替它们洗洗　脚丫子
一遍一遍　再来一遍

小 草

那是些剑客

为争夺春天，开始亮剑

你一把我两把，你三把我四把……

桃花 （之一）

一枝枝鞭炮。点燃了
炸开一朵朵春光

一首唐诗打马而来，那是新郎

桃花（之二）

花是红灯，叶是绿灯
我停在花前。半天

才发现绿灯还没装上

种玉米

说是牙好　胃口就好
于是给田野镶上了

成排的金牙

花 落

没上几天课，又放长假了
明年春天才开学

落瓣高兴地跳着舞，等风来接

落　瓣

那是春天下的请柬
邀人们届时光临　　水果派对

据说昆虫们也收到了

果 树

每年翻新一次屋顶
先燃放几枝花鞭，再装瓦片

最后，挂上灯泡

池中芦苇

老的还在，新的又长出来

风中，黄色拄着绿色作拐棍
雨里，春天撑着秋天当伞

乌 云

谁在天空发的帖子
太水了

看看楼主，原来是大海

雷　电

没有人性的绑匪

可怜的乌云
被撕票

雨后（之一）

池塘里青蛙们正高谈阔论

我过来咳嗽了一声

瞬间就像老师走进课堂

雨后（之二）

小溪又装上了琴弦
开始弹　高山流水

石头摆好凳子。等呀，知音

篱 笆

里面圈养着一片绿色的云

外边的狗尾巴草，摇着尾巴
成了看门狗

蜗 牛

什么时候吹响追梦的号角？

已经吹响！

瞧，我前行的身体就是吹出来的号声

小 荷

一支红头箭，插在水面的弓上
鱼儿正在学　射日

拉不成波浪，只拉动了涟漪

白

近，男童举着雪糕
远，树儿举着云朵

雪糕吃完了；云朵也不见了

红加黑

桌上。半个吃空的西瓜

桌边有一只七星瓢虫

像是瓜瓤脱了壳，爬出来了

用折扇纳凉

那是一张翅膀。打开扇动半天

人也没飞起来

树上鸟儿叽叽喳喳：需要两张

种小麦

每粒种子都自备一条山谷

为多装阳光，多装雨露

更为装下　农民大大的希冀

石 榴

一盏盏灯笼加一叶叶床铺

把一棵树变成了客栈

悄悄告诉你：老板娘是秋香

秋　虫

捡起树下蝉的曲谱

夜里放声歌唱。为何越唱天越凉？

噢！明天俺就爬到树上

湖

畅饮，一碗秋水

朵颐，大块云霞

我抹了抹嘴。发现山川醉倒在地

落 叶

树摇头晃脑，给秋风讲故事
唾沫星子

乱飞

秋 风

吹着哨子

让跑操的落叶　步调一致

一二一

断　章

枯荷晃悠。"站着哟，别趴下！"
一尾游来的鱼用脊梁力挺
一个更小的脊梁跟在后头

雁南飞

队形排成犁铧。长耕蔚蓝
一声号子，种下来年

朔风起，雪花开始发芽

三叶草

已至小雪，河边北坡仍以翠绿
抵抗严冬。正想点赞
忽然发现一朵花举着白旗

棉布的学问

少些阻力，好让静电快速通过

这里是和平的

不允许静电和人"交火"

静电是啥?

不是蜇人的蜂,不是抓人的猫
我猜是爱夹人的螃蟹
因为水是它的家。来吧!

大雪飘飘

淘

金

三天后，淘出了太阳

雪 地

踩两个深深的脚印

当酒杯，让皑与皑对饮阳光

直到烂醉。入泥

赏 梅

冰雪　中了美人计

被纷纷赶来的脚印

围剿

结冰的湖

雪白头发的母亲，眼神不好
可还是将衣服破的大窟窿
缝上了好看的　补丁

贴对联

把成串的文字架在红红的
炭火上烤

馋啊！我闻到了香喷喷的年味

过 年

故乡是盘大菜，我绕着圈品尝

一顿饱餐。临走回过头
用眼皮将年打包——带回异地

童年·炊烟

一条小小的河流

在它心目中：蓝天是大海
会有弯弯的月船驶来，捕捞星星……

童年·井

营救井底之蛙。从我记事就有了
人们用担杖水桶来提水

一天，又一天……未果

童年·邮票

贴在信封上。似小小的脊梁背着
大大的思念，穿梭在诗和远方间

那时手机没出生

藏猫猫

小巷很短，像条麻袋
童年钻进去却找不着了

每次归来一抖，总能倒出声猫叫

城乡有别

农村房屋和院子是连体式
而城市是分体式

分出来的院子叫公园

城　市

摘朵彩云戴在头上

高楼对燕子说：飞高点！

地面是人的，蓝天才是我们的田野

路

在我脚下画了一条线

告诉太阳：这是重点

认真数数他滚落几颗汗珠

赶　路

路却成了鞭子
赶着我

鞭子长长。怕被抽打我不敢歇息

夜 行

黑夜乃地球的心理阴影

求面积

我从傍晚量到了黎明

流　星

神仙也抽烟？！
烟蒂一扔
用脚踩灭

问 鱼

小家伙，你尾巴为啥像剪刀
是准备随时剪破鱼网

还是漏网后摆 V 字庆胜利

展翅的海鸥

一本打开的　诗集
让白云　朗诵

矮矮的浪花急得直跳高，也想读

洗海澡

大海是件蓝色休闲装

我穿上试了试，风使劲抖着：

风衣就得穿出旗帜的感觉

海滩上的螃蟹 （之一）

在洞口不停地吃泥沙

然后吐出一个个沙球。我纳闷：

莫非是为天空赶制流星雨？

海滩上的螃蟹（之二）

秘密。俺之所以横行
是因为要始终面向大海
时刻提防：浪来了！

青岛·栈桥

岸打出的一记直拳
"啸"张的海浪倒下了
至今还痛得　打滚

青岛·崂山

很馋的一座山

坐在海边——吃蛤蜊喝啤酒

蛤蜊是原汁的，啤酒是冰镇的

撒哈拉沙漠

要与海比宽广：一粒沙对应一滴水

骆驼笑了
驮着盐（浓缩的海）横穿而过

珠穆朗玛峰

天堂的衣架
挂着仙女的
婚纱

乘飞机

骑着一只大蜜蜂，飞上了云朵
我闻到洁白的花香

哈哈，正好采点仙蜜！

坐长途车

将一粒粒的人
按照一定间隔
播种在　路上

挤地铁

移动的书架

幸好我是本薄诗集，用力

把自己塞了进去

路边的僵尸车

落叶来给它贴满了

罚

单

堵

都夏天了。车流照样被冻住
急得太阳加热，再加热

车没化开。人化了，满脸滴水

无 题

烦恼说：求求你

放了俺吧，俺只是个过路的

嗨！我又一次做了自己的响马

屋里的百叶窗

调整角度，将阳光切成面条

宽点再宽点，要宽心面

这是早餐。嘻嘻！肚子早叫了

小溪（之一）

给山加了个　破折号
让海解释
山的内心世界

小溪（之二）

把山当宠物
用一根绳子牵着

遛

休闲（之一）

山路。蜿蜒似蛇
爬着爬着，有鸟惊起

我成了蛇头

休闲 （之二）

看到有人在抓蝎子

穿过两棵树缝的我
感觉像被一双大筷子夹住

休闲（之三）

喝啤酒　极易喝出啤酒肚
不信就问问月牙
是如何变成圆月的

休闲 （之四）

一本书。一把椅子
读。一杯茶

时光。很香

穿越一杯茶

坐成一个王，欣赏
绿美人的水中芭蕾。无限春光

缓缓地，美人们沉底竟变成了江山

理 发

像在倒放影片

让这些草快速变短

好！又倒回春天，重新生长一遍

醉酒记

脚下的路成了河流
用鞋子作船，身体当橹
摇。目标外婆桥

垂　钓

咬钩，提竿——

一条动态的小河，立了起来

在空中立成　一个叹号

下围棋

黑与白争胜负。结果

执黑者的脸亮成白子
执白者的脸暗成黑子

彼 此

把一朵花插入花瓶里
花就穿上了裙子

花瓶也就有了一张笑脸

盆 景

天地小成一盘菜
还是青拌泰山

老板，上瓶好酒！

进　化

夹缝里求生存
金银薄成了纸币
方能挤进它们的交通工具——红包

梦　话

如何写出亮灿灿的诗行

梦告诉我：
找个金戒指给诗戴上

带脚的邮筒

旷野里，我张开嘴

风就塞进一封封阳光和花香

收件人都是：家里案头的笔

下辑

月 光

童 话

想变王子。需藏到水潭等公主
我来一看，志同者抢先
做了青蛙，乐队般呱呱

河　畔

用石片打水漂，传递封情书
给对面杨柳的倩影

嘿嘿！有秋波跳荡

读你 （之一）

你是一首诗
弯弯的眉下是诗眼

白皙的韵脚藏在布鞋里

相　思

用高高的柳树当弹弓
柔长的枝条作皮筋，要把眸子

射到月亮上。只为看到你

心

一把紫砂壶。冲泡三个字
等，伊人前来

品青青的茶韵

失　眠

满天星星是羊群——俺的财富

为向你显摆
昨天晚上数了一宿

约　会

天边圆月，是正在播放的老唱片
皎洁的旋律

把我俩的漫步变成了舞步

春日赏花

我的一声"你好美啊!"
竟羞出了十里桃花

你的笑容是第一个开的

羞 涩

其实你红红的脸是封情书

五官是象形文字（还是立体的）

我悄悄读了美人笔下的江山

牵手（之一）

我的心是一尾鱼

希望你的腰身是鱼竿，手是鱼钩

此刻，试着咬钩想被你钓走

牵手 （之二）

牵手的那一刻·
感觉我的身体是鱼竿，手成鱼钩
拉着一位美人鱼

开心时刻

拉着你的手，高兴得像朵花

阳光下

一只蜜蜂飞来，要将我酿成蜜

看 海

低头，抬头

一不小心，我俩的头发成了刷子
把大海的蓝刷到了天上

喂海鸥

想借一对翅膀

在爱之海飞翔

海鸥说：你俩的眉毛就是翅膀

海 滩

我俩是立着的海浪，相互追逐

礁石边
不停地有波涛想扶着站起来

画　鱼

在沙滩上，你画了条鱼
等潮水涨上来，让它游进大海
我笑着说：世上又多了个物种

潮 汐

和你一起坐在礁石上
任情话汩汩流淌

猛然发觉，海水涨了上来

分别之后

思念越来越重。索性不走了
夕阳用我当杠杆，撬长长的影子

憋红了脸，也没撬动

梦 乡

拿云朵当棉花，做床被子
让思念躺在天堂上
弯月　是个不错的枕头

思　念

盼相聚的日子用袋花生米代替

一粒是一天。然后下酒

这样每天都有嚼头

迎 你

把阳光夹在中间
我俩暖暖地一抱
抱成了黄金味的三明治

拥　抱

完成了对一颗心的

合

围

吻

人的外形像根火柴
两根一起点。"刺啦"都着了

原来，爱情是个火柴盒！

Party

拉起你的手

让指头的兄弟姊妹开个派对

品尝一下　汗味和体香

美丽的夜晚

做个画家，用夜色将大地绘成
水墨画。你的脸是画中的留白
我轻轻盖上吻印

倾 吐

我说，你听
静静的夜

我是一大瓶酒，你是只带耳朵的杯

爱的股份

与你相识之后
我便有了一份产业

酿醋

宝 贝

你的心是块大金子
我会用一生

守护！好让你把我镀成金的

漫 步

地面上，两个影子像酒杯
时不时一碰

没多久俩人就醉着相携而行

跟我学

池塘里
一只蜻蜓抱着一朵荷

岸边我用双手捧着你的脸

我爱你

一片心形叶子，落在我和你之间
填成三个字
是我想说的。树急得替我说了

甜

渴了的时候，你给我一只苹果
红红的。你的脸也红红的

吃苹果感觉在亲你

眼　睛

一起爬上高高的山巅

给天空安装　四颗晶莹的星

好让夜晚更灿烂

山 谷

再深

也装不下一声"我爱你"

听！有回音溢出

爱　河

河水里有两条鲤鱼
一起吐泡，一起品尝白云

一起寻找　龙门

甜 蜜

河边石凳上
一团蜜粘住一块糖

阳光下，俩人一起融化

情话 （之一）

你一句，我一句
让话语结伴而行

在这美好时光里，必须成双成对

情话 （之二）

说着
说着……天就黑了

无数的唾沫星　点亮了夜空

王 后

拉着手入眠
好拽你到我的美梦里看看
你是什么样子

同床共枕

和你一起躺成铁轨

让幸福专列从梦里开出来

瞧！朝阳接站来啦

爱情（之一）

一个梦

将两颗心粘在了一起

啊哈，梦想是种强力胶

哦，生气了

小嘴噘成了鸭子

亲爱的，快来捉呀
这里有条很讨嫌的鱼

给你唱首歌

调有点高，抬手拽着柳枝让音符
爬上去。谁知音符变成了
新芽，在春风中荡起秋千

燕子是个纺织工

在空中飞旋。抽丝纺纱你我
的目光，赶织春衫

称赞我俩的心是上等蚕茧

春风的任务

专程赶到我俩身边

把我说给你的话，带往山川田野

好让它们生根　发芽

秀发飘飘

脚印到达的地方
都被划为我们的爱情地盘
风扬起你的长发，那是地盘的旗帜

请 帖

用我的手指当笔，在你掌心写字
闭上眼猜猜写了啥？

周六小酌，恭请佳人！

烛 光

两只高脚杯。倒上红酒
摇一摇，摇成跳动的心
而后轻轻相碰，听呢喃

读你（之二）

你是一本诗集
脸是封面，心才是华章

我越读越爱——不释手

抄 袭

每次拥抱都是在复印

你身上的诗句

然后稍加改动，冒充我的佳作

下雨了

我用手当伞，遮在你头顶

虽然小点
却保证你有一片无雨的天空

我俩的猎物

挺直腰拉起手
一不小心拉成绊马索
绊倒了风雨，流淌为小河

同行（之一）

立于天地间，你我成了琴弦

春风抢过来

想先拉响这把二弦琴

同行（之二）

用撑开的伞当树冠
你挽紧我一起作枝干
不久就被暴风雨识破——不是树

同行（之三）

一片叶子背着露珠在走
秋风一绊，你从背上滑落
溅起了晶莹的笑

同行 （之四）

用腰跟风雪掰手腕

合力将其掰倒

雪倒在地上说：你俩抱团耍赖

羞愧的矛

我举起矛时，你以阳光为盾

忽然发现矛的材质是冰
瞬间化成了水

两只小松鼠

为过冬，看看搬回来的东西
有白菜土豆大葱米面。吃的

还有松球。暖窝的

幸 福

你用双手捂住我冰冷的手
这是它的家。暖暖的
屋内还飘来饭菜的香味

浪 漫

拜雪花为师

让两颗心学学　轻歌曼舞

一不留神　就把天地变成了舞台

天 堂

春天终于来了
把被子拿到阳光下晒一晒

你说，将被窝晒成温馨的天堂

时 光

晾衣绳上
晒着我的衬衣、你的裙子

风中。裙子在起舞，衬衣在鼓掌

旗　袍

头发说　风

高跟鞋说　雅

中间的颂　留给了目光

宠 物

"老婆呀"……呼唤没人应

"喵喵"
从门后传来两声不太像的猫叫

幸福的猪

有你才是家

我是"家"字下面的"豕"——

一头幸福的猪！猪吃猪睡

我家窗台上

一盆君子兰，一盆绿萝
一个伸开叶子像怀抱，一个像心

阳光正指着它的佳作炫耀：爱之屋

粉　丝

原来夫唱妇随和妇唱夫随

是一个唱歌一个跟着

确保有个粉丝。即使跑调很远

两个肩是天平

雨有点大。左手撑着的伞偏向你
右肩露在伞外，放上风雨当砝码
称我们的爱

爱情（之二）

雷电是焊机，雨柱是焊条

我俩携手走过
心被焊在了一起

磨刀石

你的手掌是块磨刀石
我的手掌是把砍柴刀

每晚磨一磨，将"明"天砍成日月

秀球技

你是"人"字的左脚，我是右脚
你负责站立，我来踢

duang！困难竟是个足球

天和地

我看天空时，你在看大地

我看天空有无雄鹰展翅
你看路面有无石头凸起

打 拼

每天练杂技：顶着太阳——转

总是掉下
又滚进了西山

圆 月

像满满的　一大碗米饭
等，我回家的时候
你已经热了两遍

伴 侣

终于明白，这个词的含义：

两人两张口；吃苦也可每人一半

我饭量大，要多吃点

日子是个织布厂

门前的路是台织布机
我俩来回如梭。织白布也织黑布
点缀彩霞和星星就是花布

爱情为加法

一个人"横""竖"都是减号
两个人最佳组合才成加号

加起点滴的爱。我家水缸又接满了

我俩的手

攥成拳头，给风雨看
它既可以是勤劳的土地
也可以是挺起脊梁的山峦

家（之一）

让两颗心在一起

听锅碗瓢盆交响乐。忽然一天

来了位小天使，演唱甜甜的哭声

家（之二）

是一只炉子

要温暖，就需添加柴火

这不我俩一下班就把自己投了进去

家 （之三）

父母是两棵树
合在一起就是"林"
孩子成了林中的小鸟

家 (之四)

老婆，知道吗？
你有两个粉丝：女儿和我

哦，还有一个——窗外皎洁的月亮

家的味道

老婆做的包子出锅了
像群山，我一口咬下
半座春天。鲜——美

磨

晚饭后，我俩绕着小湖散步
一圈又一圈。像在推磨

磨着时光，那湖水中的月亮是磨眼

造 句

你的心眼
大大的还是双眼皮

美呀

重

为减轻生活的压力

你总是把话说得很轻

很轻！好让我的担子少一些分量

愚公移山

默默付出，从不抱怨

老婆呀，原来你在偷偷
做实验

谢　谢

心写了两个字
让眼睛通过水路托运给你

今由泪水送达。请签收！

相伴 （之一）

我用黑眼球染你初生的白发

结果，程序设反了
让白眼球漂白了更多黑发

相伴 （之二）

一起慢慢变老是种幸福

在头顶堆积。那不是雪
是糖！尝尝很甜

生日烛光

人啊是节电池，把自己抠出来
让时光停摆

此刻，静好。我俩在时间之外

野　餐

把老婆做的饭菜拿到了溪边
和花儿比比，谁香

蝴蝶闻味赶来，扇着翅膀鼓掌！

相伴（之三）

医院是个修理厂。修人体故障
最好是担着心来，放下心回

挑担者有时是我，有时是你

相伴 （之四）

并排坐在长凳上

成一架钢琴，我俩的腿是琴键

阳光倚着树，弹奏暖暖的曲子

女 儿

是个小棉袄

等父母老了
就成了棉被

菜　园

心底。种满快乐

一茬又一茬，老婆拿来包饺子——

个个像元宝，我们拿元宝当饭吃

相伴 （之五）

大地是面鼓
约好今生一起敲击

老了，脚步就慢一点轻一点

海（之一）

彼此互为靠山

靠着，坐在沙滩上

旁边的海说：你俩坐这我也有了靠山

海（之二）

波浪是大海送的千军万马

由我俩指挥，在额头上与岁月

作战。听！鼓声阵阵

图书在版编目（CIP）数据

给快乐装一张嘴 / 刘和旭著. --武汉：长江文艺
出版社，2022.6
　ISBN 978-7-5702-2628-3

　Ⅰ．①给… Ⅱ．①刘… Ⅲ．①诗集－中国－当代
Ⅳ．①I227

中国版本图书馆 CIP 数据核字 (2022) 第 054427 号

给快乐装一张嘴
GEI KUAILE ZHUANG YIZHANG ZUI

责任编辑：胡　璇　　　　　　　　责任校对：毛季慧
装帧设计：尚册文化　　　　　　　责任印制：邱　莉　　王光兴

出版：长江出版传媒　长江文艺出版社
地址：武汉市雄楚大街 268 号　　　邮编：430070
发行：长江文艺出版社
http://www.cjlap.com
印刷：湖北新华印务有限公司

开本：880 毫米×1230 毫米　　1/32　　印张：7　　插页：4 页
版次：2022 年 6 月第 1 版　　　　2022 年 6 月第 1 次印刷

定价：58.00 元